The Silly Chicken

BUDALA TAVUK

written by
Idries Shah

Yazan:
İdris Şah

Once upon a time, in a country far away, there was a town, and in the town there was a chicken, and he was a very silly chicken indeed. He went about saying "Tuck-tuck-tuck, tuck-tuck-tuck, tuck-tuck-tuck." And nobody knew what he meant.

Of course, he didn't mean anything at all, but nobody knew that. They thought that "Tuck-tuck-tuck, tuck-tuck-tuck, tuck-tuck-tuck" must mean something.

Bir zamanlar, çok uzaklardaki bir ülkede bir köy ve bu köyde yaşayan bir tavuk varmış. Dahası, bu tavuk oldukça budala bir tavukmuş. "Gıt gıt gıdak, gıt gıt gıdak" diyerek ortalarda dolaşıp dururmuş. Kimse de bu tavuğun ne demeye çalıştığını anlamazmış.

Tavuk zaten bir şey demeye çalışmıyormuş aslında, ama kimse bunu bilmiyormuş. Bu "Gıt gıt gıdak, gıt gıt gıdak" seslerinin bir anlamı olmalı diye düşünüyorlarmış.

Now, a very clever man came to the town, and he decided to see if he could find out what the chicken meant by "Tuck-tuck-tuck, tuck-tuck-tuck, tuck-tuck-tuck."

First he tried to learn the chicken's language. He tried, and he tried, and he tried. But all he learned to say was "Tuck-tuck-tuck, tuck-tuck-tuck, tuck-tuck-tuck." Unfortunately, although he sounded just like the chicken, he had no idea what he was saying.

Then he decided to teach the chicken to speak our kind of language. He tried, and he tried, and he tried. It took him quite a long time, but in the end, the chicken could speak perfectly well, just like you and me.

Sonra köye çok zeki bir adam gelmiş ve tavuğun "Gıt gıt gıdak, gıt gıt gıdak" diyerek ne anlatmaya çalıştığını çözmek için uğraşmaya karar vermiş.

İlk önce tavuğun konuştuğu dili öğrenmeye çalışmış. Bu konuda çabalayıp durmuş. Ancak öğrenebildiği tek şey, tavuk gibi gıdaklamak olmuş. Çıkardığı ses tavuğunkine çok benzese de maalesef ne dediğini kendisi de bilmiyormuş.

Ardından, tavuğa bizim dilimizi öğretmeye karar vermiş. Bu konuda çabalayıp durmuş. Çok uzun sürmüş ama sonunda tavuk aynı bizler gibi konuşmayı öğrenmiş.

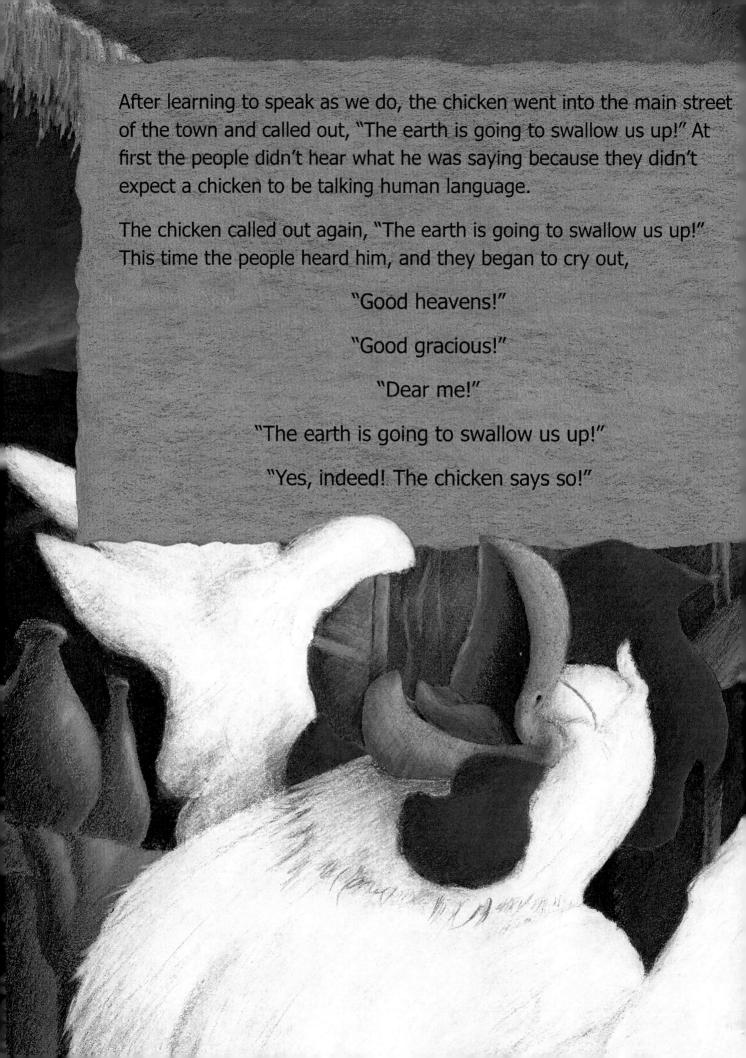

After learning to speak as we do, the chicken went into the main street of the town and called out, "The earth is going to swallow us up!" At first the people didn't hear what he was saying because they didn't expect a chicken to be talking human language.

The chicken called out again, "The earth is going to swallow us up!" This time the people heard him, and they began to cry out,

"Good heavens!"

"Good gracious!"

"Dear me!"

"The earth is going to swallow us up!"

"Yes, indeed! The chicken says so!"

Bizler gibi konuşmayı öğrenen tavuk, köy meydanı-
na gitmiş ve "Toprak yarılacak ve bizi yutacak!"
diye bağırmış. İnsanlar ilk başta tavuğun ne dediğine
dikkat etmemişler. Çünkü bir tavuğun insanların
kullandığı dili konuşabileceği akıllarına gelmemiş.

Tavuk tekrar "Toprak yarılacak ve bizi yutacak!" diye
bağırmış. Bu sefer insanların dikkatini çekmiş. Herkes
feryat etmeye başlamış.

"Aman Allahım!"

"Allahım bizi koru!"

"Olur şey değil!"

"Toprak yarılacak ve bizi yutacak!"

"Aynen öyle! Tavuk öyle dedi!"

Thoroughly alarmed, all the people packed up their most precious things and began to run to get away from the earth.

Herkes iyice paniğe kapılmış ve en değerli eşyalarını toplayıp topraktan uzaklaşmak için koşmaya başlamış.

They ran from one town to another.

Bir köyden, diğerine
koşmuşlar.

They ran through the fields and into the
woods and across the meadows.

Tarlalar boyunca koşmuşlar...
Ormanın derinliklerine doğru ve
çayırlar boyunca koşmuşlar.

They ran up the mountains and down the mountains.

Dağ bayırlarından bir aşağı bir
yukarı koşmuşlar.

They ran down the world and up the world and around the world.

Dünya üzerinde bir aşağı, bir yukarı koşmuşlar...
Dünyanın etrafını çepeçevre koşmuşlar.

They ran in every possible direction. But they still couldn't get away from the earth.

Koşabilecekleri her
yöne koşmuşlar. Ama
yine de topraktan
uzaklaşamamışlar.

Finally they came back to their town. And there was the chicken, just where they had left him before they started running.

"How do you know the earth is going to swallow us up?" they asked the chicken.

"I don't know," said the chicken.

At first the people were astonished, and they said again and again, "You don't know? You don't know? You don't know?"

And they became furious, and they glared sternly at the chicken and spoke in angry voices.

"How could you tell us such a thing?"

"How dare you!"

Sonunda kendi köylerine geri dönmüşler. Tavuk, koşmaya başlamadan önce bıraktıkları yerde aynen duruyormuş.

"Toprağın yarılacağını ve bizi yutacağını nereden biliyorsun?" diye sormuşlar tavuğa.

"Bilmiyorum ki" demiş tavuk.

İnsanlar önce şaşırıp kalmış, sonra da "Ne demek bilmiyorum? Ne demek bilmiyorum? Ne demek bilmiyorum?" deyip durmuşlar.

Ardından iyice öfkelenmişler ve tavuğa dik dik bakıp öfkeyle söylenmişler.

"Bize nasıl böyle bir şey dersin?"

"Bu ne cüret!"

"You made us run from one town to another!"

"You made us run through the fields and into the woods and across the meadows!"

"You made us run up the mountains and down the mountains!"

"You made us run down the world and up the world and around the world!"

"You made us run in every possible direction!"

"And all the while we thought you knew the earth was going to swallow us up!"

"Senin yüzünden dünya üzerinde
bir aşağı, bir yukarı koştuk...
Dünyanın etrafını çepeçevre
koştuk!"

"Koşabileceğimiz her yöne
koştuk!"

"Ve bütün bu süre boyunca;
senin, toprağın yarılacağını ve bizi
yutacağını bildiğini sandık!"

The chicken smoothed his feathers and cackled and said, "Well, that just shows how silly you are! Only silly people would listen to a chicken in the first place. You think a chicken knows something just because he can talk?"

At first the people just stared at the chicken, and then they began to laugh. They laughed, and they laughed, and they laughed because they realized how silly they had been, and they found that very funny indeed.

Tavuk, gagasıyla tüylerini düzeltmiş, kıkırdamış ve "Bu da sizin ne kadar budala olduğunuzu gösteriyor! Ancak budala insanlar bir tavuğun dediklerini dinler. Ayrıca, bir tavuk sırf konuşabiliyor diye söylediklerine inanmak mantıklı mı sizce?" demiş.

İnsanlar ilk başta tavuğa bakakalmışlar ama sonra gülmeye başlamışlar. Dakikalarca durmadan gülmüşler. Ne kadar budala olduklarını fark ettikleri için gülmüşler. Bu durum onlara çok komik gelmiş.

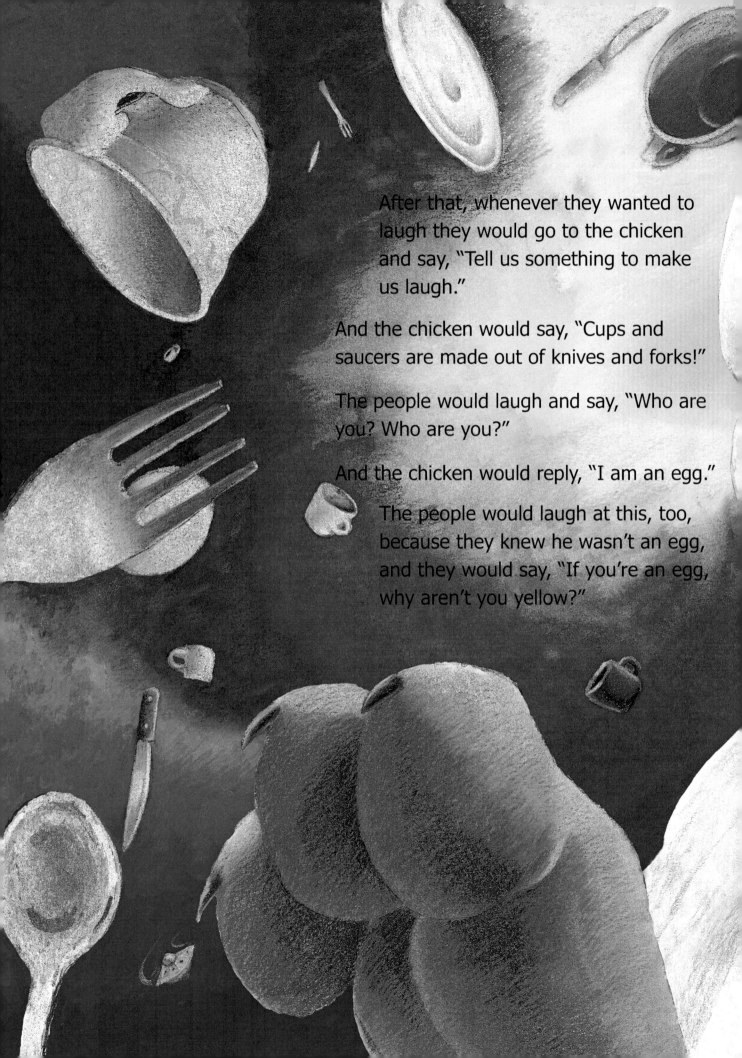

After that, whenever they wanted to laugh they would go to the chicken and say, "Tell us something to make us laugh."

And the chicken would say, "Cups and saucers are made out of knives and forks!"

The people would laugh and say, "Who are you? Who are you?"

And the chicken would reply, "I am an egg."

The people would laugh at this, too, because they knew he wasn't an egg, and they would say, "If you're an egg, why aren't you yellow?"

O günden sonra canları ne zaman gülmek istese tavuğun yanına gidip "Bizi güldürecek bir şeyler söyle" demeye başlamışlar.

Tavuk da "Fincanlar ve cezveler çatal bıçaklardan yapılır!" dermiş mesela.

İnsanlar da gülmeye başlayıp "Kimsin sen? Kimsin sen?" dermiş.

"Ben bir yumurtayım" diye cevap verirmiş tavuk.

İnsanlar tavuğun bir yumurta olmadığını bildiklerinden buna da gülerlermiş ve "Eğer yumurtaysan neden sarı değilsin?" diye sorarlarmış.

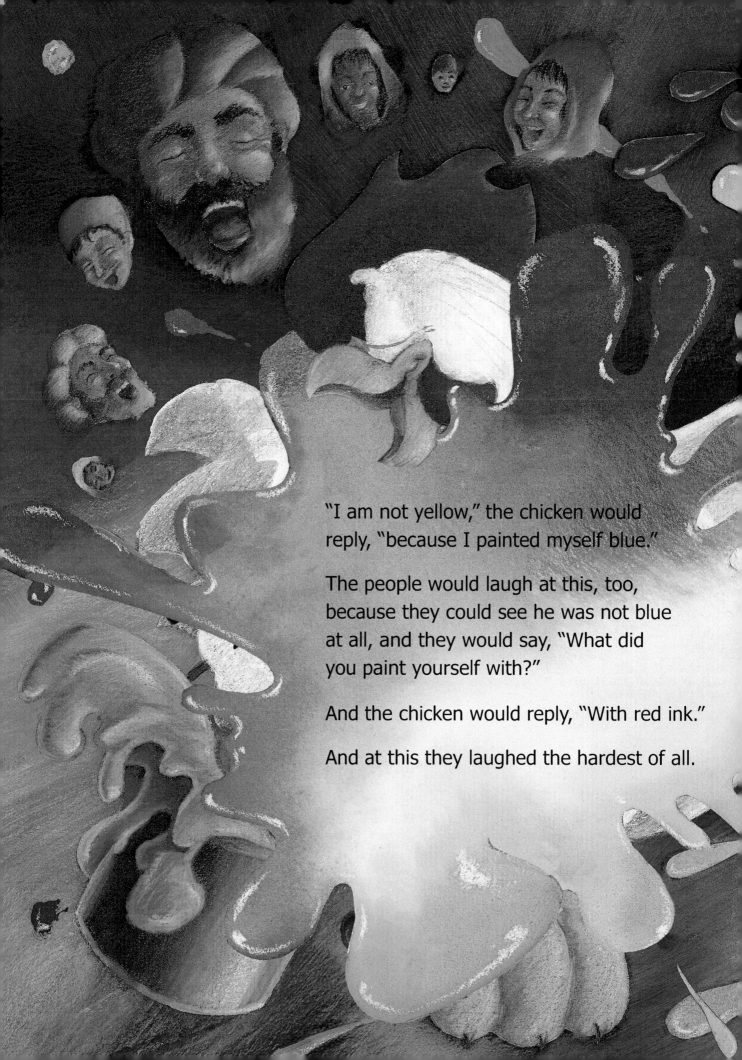

"I am not yellow," the chicken would reply, "because I painted myself blue."

The people would laugh at this, too, because they could see he was not blue at all, and they would say, "What did you paint yourself with?"

And the chicken would reply, "With red ink."

And at this they laughed the hardest of all.

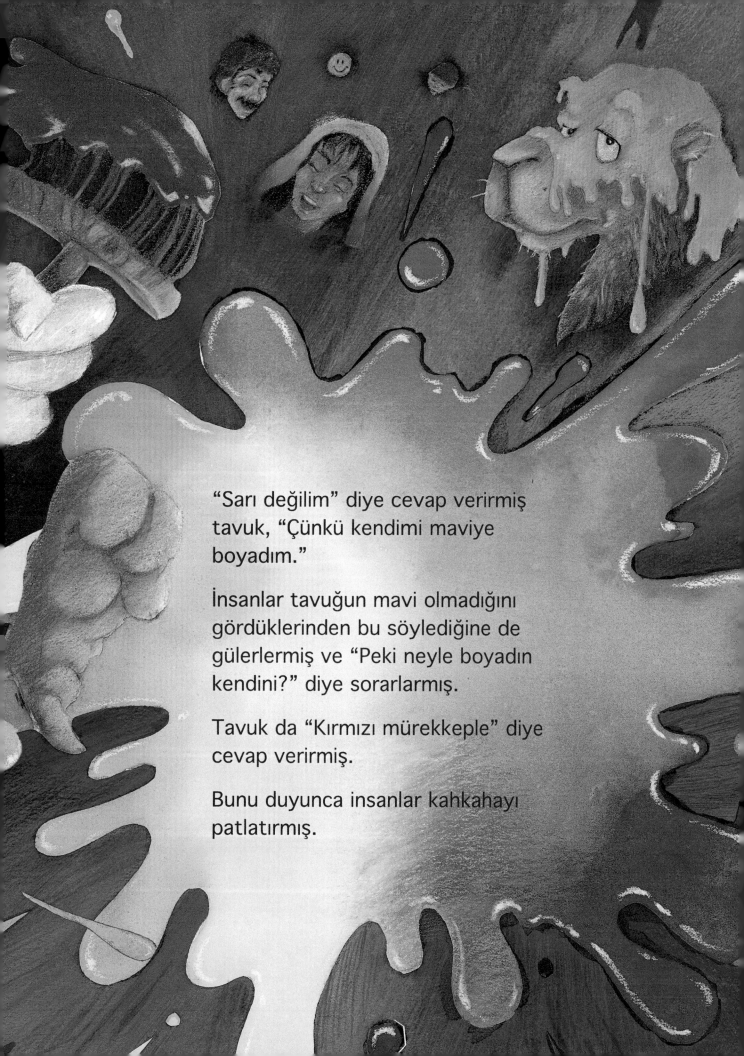

"Sarı değilim" diye cevap verirmiş tavuk, "Çünkü kendimi maviye boyadım."

İnsanlar tavuğun mavi olmadığını gördüklerinden bu söylediğine de gülerlermiş ve "Peki neyle boyadın kendini?" diye sorarlarmış.

Tavuk da "Kırmızı mürekkeple" diye cevap verirmiş.

Bunu duyunca insanlar kahkahayı patlatırmış.

And now people everywhere laugh at chickens and never take any notice of what they say — even if they can talk — because, of course, everybody knows that chickens are silly.

And that chicken still goes on and on in that town, in that far-away country, telling people things to make them laugh.

Artık dünyanın her yerinde insanlar tavuklara gülüyor ve -tavuklar konuşabilse bile- dediklerini dikkate almıyorlar. Çünkü tabii ki herkes tavukların budala olduğunu biliyor.

Bu masaldaki tavuk da halen o çok uzaklardaki köyde yaşıyor ve insanları güldürmek için bir şeyler söylemeye devam ediyor.

www.hoopoebooks.com

Other Titles by Idries Shah for young readers:
İdris Sah'in genç okurlara hitap eden diğer eserleri:

The Farmer's Wife / Çiftçinin Karısı

The Lion Who Saw Himself in the Water /
Kendini Suda Gören Aslan

The Clever Boy and the Terrible, Dangerous Animal /
Zeki Oğlan ile Korkunç ve Tehlikeli Hayvan

Neem the Half-Boy / Yarım Oğlan Nini

Fatima the Spinner and the Tent / İplikçi Fatma ve Çadır

For the complete works of Idries Shah, visit:
İdris Şah'ın tüm eserleri için:
www.Idriesshahfoundation.org

First English Hardback Edition 2000, 2005
English Paperback Edition 2005, 2011, 2015
This English-Turkish Paperback Edition 2022

www.hoopoebooks.com

Published by Hoopoe Books,
a division of The Institute for the Study of Human Knowledge

ISBN: 978-1-953292-95-7

Library of Congress has catalogued the hardcover English language edition as follows:

Shah, Idries, 1924-
      The silly chicken / written by Idries Shah ; illustrated by Jeff Jackson.— 1st ed.
      p. cm.
      Summary: A Sufi teaching tale of a chicken that has learned to speak as people do and
spreads an alarming warning, which causes the townspeople panic without first
      considering the messenger.
      ISBN 1-883536-19-7
      [1. Folklore.] I. Jackson, Jeff, 1971- ill. II. Title.

PZ8.S336 Si 2000
398.22--dc21
[E]
                                                                                    99-051506

Made in United States
North Haven, CT
28 January 2023

31761074R00020